国家古籍整理出版专项经费资助项目

王士禛集

章培恒 安平秋 马樟根 主编

王小舒 陈广澧 导读
黄永年 审阅

中华文史名著精选精译精注
·全民阅读版

凤凰出版社

图书在版编目（CIP）数据

王士禛集 / 王小舒，陈广澧导读. -- 南京 : 凤凰出版社，2020.8
（中华文史名著精选精译精注 : 全民阅读版 / 章培恒，安平秋，马樟根主编）
ISBN 978-7-5506-3149-6

Ⅰ. ①王… Ⅱ. ①王… ②陈… Ⅲ. ①古典诗歌－诗集－中国－清代 Ⅳ. ①I222.749

中国版本图书馆CIP数据核字(2020)第062972号

书　　　名	王士禛集
导　　　读	王小舒　陈广澧
责 任 编 辑	李　霏
书 籍 设 计	徐　慧
出 版 发 行	凤凰出版社(原江苏古籍出版社)
	发行部电话025-83223462
出版社地址	南京市中央路165号,邮编:210009
出版社网址	http://www.fhcbs.com
照　　　排	凤凰零距离数字印前中心
印　　　刷	苏州市越洋印刷有限公司
	苏州市吴中区南官渡路20号　邮编:215104
开　　　本	880毫米×1230毫米　1/32
印　　　张	4.125
字　　　数	85千字
版　　　次	2020年8月第1版　2020年8月第1次印刷
标 准 书 号	ISBN 978-7-5506-3149-6
定　　　价	23.00元

(本书凡印装错误可向承印厂调换,电话:0512-68180638)

丛书编委会

顾问

周林　邓广铭　白寿彝

主编

章培恒　安平秋　马樟根

编委

马樟根　平慧善　安平秋　刘烈茂
许嘉璐　李国祥　金开诚　周勋初
宗福邦　段文桂　董治安　倪其心
黄永年　章培恒　曾枣庄
（以上为常务编委）

王达津　吕绍纲　刘仁清　刘乾先
李运益　杨金鼎　曹亦冰　常绍温
裴汝诚
（以上为编委）

目录

导读 …………………………………………… 1

秋柳 …………………………………………… 1

藤花山下 ……………………………………… 8

即目 …………………………………………… 9

夜经古城作 …………………………………… 10

清凉寺 ………………………………………… 12

浒山杂诗(选一) ……………………………… 13

雄县道中感成 ………………………………… 14

与大田淀中行话故园湖居有怀 ……………… 15

午睡过穆陵关觉后感成(选一) ……………… 16

高邮道中 ……………………………………… 17

六漫闸晚行却寄家兄(选二) ………………… 19

高邮雨泊 ……………………………………… 21

邵伯舟中 …………………………………… 22

宝应 ………………………………………… 24

宜陵 ………………………………………… 25

大观阁上眺白马湖 ………………………… 27

小亭偶成 …………………………………… 28

舟夜忆家兄 ………………………………… 29

文游台怀古(选一) ………………………… 31

江上怀汪、程、刘三子并寄家兄西樵(选一) …… 32

季夏七日舟中乍凉有秋意试笔(选一) …… 34

江上寄程昆仑(选一) ……………………… 35

再过露筋祠 ………………………………… 36

落日 ………………………………………… 37

文选楼怀古 ………………………………… 38

赋得隋堤柳 ………………………………… 40

即事 ………………………………………… 42

自淮上归维扬病中杂兴(选一) …………… 43

山光寺 ……………………………………… 44

之真州道中偶作 …………………………… 45

青山 ………………………………………… 46

江上	47
过方山港	49
瓜步河上眺望	50
瓜步镇道上	52
晓雨复登燕子矶绝顶	53
寄怀彭十骏孙	55
竹亭晚坐见雁	57
毗陵道中雨	58
毗陵归舟	59
过丹徒镇	61
竹林寺题壁	63
吸江亭观落照	65
复至瓜洲渡作（选一）	66
抱琴亭	67
怀家兄西樵、礼吉同子侧作	68
夜雨题寒山寺寄苕文、西樵、礼吉（选一）	69
虎山擅胜阁眺光福寺以雨阻不得往	71
惠山下邹流绮过访	73
即目	74

访纪伯紫 …………………………………… 75

秦淮杂诗（选二） ………………………… 76

长干绝句（选一） ………………………… 78

燕子矶阻风寄丁继之（选一） …………… 79

大风渡江（选二） ………………………… 80

青枫镇 ……………………………………… 82

梦家兄子侧 ………………………………… 83

宜陵 ………………………………………… 84

怀洞门入闽 ………………………………… 85

真州道中绝句（选二） …………………… 86

真州即事 …………………………………… 88

秋日昭阳道中 ……………………………… 89

梅花岭怀古 ………………………………… 90

江城雪景图 ………………………………… 92

题樊泾公画 ………………………………… 93

题叶欣画 …………………………………… 94

寄陈伯玑金陵（选一） …………………… 95

红桥绝句（选一） ………………………… 96

真州绝句（选一） ………………………… 97

别公勇后却寄(选一) ·············· 98

冶春绝句(选五) ················ 99

金陵道上 ····················· 103

雨宿山家 ····················· 104

雨中度故关 ··················· 105

雨后至天宁寺 ················· 106

蜾矶灵泽夫人祠 ··············· 107

石帆亭见落叶 ················· 108

新月 ························· 109

忆彭羡门少宰 ················· 110

导读

王士禛,字子真,一字贻上,号阮亭,又号渔洋山人,是清代康熙朝的诗坛领袖,后人习惯称之为王渔洋。中国古代诗歌在经历了唐宋两代辉煌的高峰之后,出现了难以为继的局面。在艰难的探索中,很多人偏离了诗歌创作的正常轨道,诗歌正在失去它昔有的光辉和魅力。艺术自身的规律要求人们回到诗本身,回到诗人的生活本身。正是在这种情况下,王士禛以其诗人的气质和对生活的独特体验提倡神韵诗。

"神韵"是什么?怎样的诗才称得上神韵诗?用下定义的方法来回答,未必能切中要害。最好的办法还得读原作,到作品当中去体会。奉献在大家面前的这本书选译了王渔洋的诗作近百首,通过欣赏和体味既可以得到美的享受,接受艺术的沐浴,又可以认识和体味"神韵"的含义。

王渔洋出身于山东新城一个有文化素养的官宦家庭。这个家族有喜好赋诗的传统,王渔洋的祖父辈就有五人刻印过自己的诗集,他的父亲也能诗,到了他这一辈,兄弟四人都是诗人。这个家庭的成员们经常聚在一起彼此唱和,切磋诗艺,简直就是一个创作集团。王渔洋自七岁起开始学诗,"诵至《燕燕》《绿衣》等篇,便觉怅触欲涕,亦不自知其所以然"。

王渔洋的家乡有一个美丽的锦秋湖,风景"极类江南",他曾经描写说:"两岸皆稻塍荷塘,篱落菜圃与苇萧交错,时十月下浣过之,烟雨空濛,水禽矫翼,黄叶满地。人行其中,宛若画图。时见牧人蓑笠,御羧棘归村落间,邈然有吴越间意。"①这锦绣般的大自然给了王渔洋母亲般的乳汁。王渔洋从小就在湖中小洲上读书,他最早的写景诗就是描绘锦秋湖的。王渔洋一生"癖好山水",从大自然中吸取了无数的艺术灵感,其山水诗又是他最高的艺术成就所在,这一切都是和家乡的锦秋湖分不开的。大自然的魅力从幼年时期起就在王渔洋的心中播下了种子。

王渔洋诞生在明清交替之际,改朝换代的战火和浩劫也波及到了他的家乡和家族。新城王家在清兵南下时有三十余人殉难,王渔洋的母亲也险遭厄运。当时王渔洋仅八岁,亲历了这惊心动魄的一幕。明亡之后,祖父王象晋自号明农隐士,关门谢客,父亲王与敕入清不仕。这一切长久地留在诗人的心里,成为他潜在的、难以抚平的一个忧伤情结,同时也多少影响到他的诗歌创作。

顺治十五年(1658),王渔洋考中进士,次年被任命为扬州府推官,十七年春成行。扬州是淮南名都,傍临长江,风景秀丽,名胜诸

---

① 《池北偶谈》。

多,为历代文人荟萃之地。王渔洋到扬州后,广泛结交各阶层人士,尤其是布衣朋友,观察和了解各种生活;同时遍游名胜古迹,流连青山秀水。这期间他的创作进入了高峰状态,思若泉涌,佳作叠出。据《扬州府志》记载,王渔洋"暇则命吏执笔侍几侧,口占数十章,皆惊人语。书者苦腕脱不给,而士禛斐亹不倦,咸服其异才。境内胜迹,题咏几遍。时筍舆雀舫与四方群彦高会蜀冈、红桥之畔,授简赋诗。名流以不得预为耻"。仅五年时间,他就编有《过江集》、《入吴集》、前后《白门集》、《秦淮杂诗》、《蜀江唱和集》、《论诗绝句》、《红桥唱和集》、《冶春绝句》、《岁暮怀人绝句》等十余种诗集,作品近千首。他的神韵风格此时也进入了高度成熟的阶段。

在王渔洋这个时期的作品中有相当一部分是吊古诗。从内容上看,他的吊古诗十分之八是抒发盛衰兴亡之感的。这个比例证明诗人心中那个不能忘怀的情结仍在隐隐地发挥作用。王渔洋并不直接抒写明清之际的那段历史,他却通过吊念古迹来表达这种感情。这不仅仅是逃避文字株连的手段,而且是一种观照生活的态度和方法。实际上诗人是将兴亡之感放到了漫长的历史长河当中去观照,从中探求那隐在历史后面的人生意义和价值。诗人将现实的哀痛历史化了,获得了一种超越具体朝代的整体人生感受。它不属于政治性质的感受,而是一种审美感受。在王渔洋的吊古诗中既能体验到"感时"的悲痛,又能咀嚼出深广的人生意味。当时有人评论说,王渔洋诗"笔墨之外,自具性情,登览之余,别深寄托"①,应是比

---

① 见程康庄《阮亭诗集序》。

较准确的。王渔洋的吊古诗还有一个特点,就是与自然景物水乳般地交融在一起。例如《冶春绝句》中的一首:

> 野外桃花红近人,秾华簇簇照青春。一枝低亚隋皇墓,且可当杯酒入唇。

盛艳的桃花与久已芜废的帝王墓葬本来偶然地相伴在一起,诗人却将它们组成了一个非常丰富的联想环,当你将它们连在一起思考时,就能从中得到很多启示。总之,王渔洋的吊古诗既回荡着时代的气氛,又具有悠远的审美意蕴。

王渔洋的怀人诗和思乡诗也写得颇有特色。从性质上看,它们亦属于抒情诗。作者在扬州时结交了一批遗民朋友,如林古度、冒襄、邵潜、纪映钟、吴嘉纪、杜濬等,同他们交往密切,感情颇深,往来赠答不少。此外王渔洋也交了不少仕途上的朋友,如汪琬、刘体仁、彭孙遹、程康庄、陈允衡等,这些人都是诗人,同样笃重友谊,由于各处一方,彼此隔绝,就相互寄赠述怀。王渔洋身宦淮南,家在山东,遥隔千里,一别数年,思乡更是免不了的。这一类作品都有一个共同点,就是所思的对象都在遥远的地方。正因为此,诗人便充分地发挥了想象的天赋,他从身处的环境想到远方的人事,把眼前之景与想象之景非常自然协调地融合在一起。比如下面两首:

> 东风作意吹杨柳,绿到芜城第几桥?欲折一枝寄相忆,隔

江残笛雨潇潇。

《寄陈伯玑金陵》

安稳蒲帆挂北风,江村雪后夕阳红。燕山锦水千重路,香草河边起暮钟。

《怀家兄西樵、礼吉同子侧作》

想象中的事物往往是很美的,甚至如同梦境,这是因为诗人加进了自己的审美理想。

王渔洋诗歌中数量最多、成就最大的要数他的山水记游诗了,其中也包括一定数量的题画诗。他的山水诗不是那种描述游览过程的散文式作品,也不是考证地理方位和历史年代的文句,它们是真正的意境诗。过去在论到王渔洋的山水诗时不少人往往说它们"反映出祖国河山的秀美和壮丽",他们把诗人强烈的审美介入遗忘了;王渔洋同时代的诗人施闰章认为,渔洋之诗"如华严楼阁,弹指即现。又如仙人五城十二楼,缥缈俱在天际"。[①] 他遗忘的是另一面,即诗人面对的客观山水。王渔洋的山水诗正是这两方面的统一与融合。它们是一个整体,而不是景物的简单叠加,景物之间是被某种意蕴熔铸在一起的,彼此构成了某种魅力无穷的境界。诗人并没有直接站出来说什么,甚至一个字也没说,但是人们却从当中受到一种感动,体悟到内里隐藏的意蕴,这就叫"不着一字,尽得风

[①]《渔洋诗话》。

流"。比如他的名作《江上》:

> 吴头楚尾路如何?烟雨秋深暗白波。晚趁寒潮渡江去,满林黄叶雁声多。

此作写的都是眼前之景,并没有海市蜃楼,但是它又不仅仅是记实的,而是包含着一种情调,诗中主人公所处的情境给我们的感觉不是某个地图上找得到的地点,他像是要去一个离开尘世的地方,要去某个我们很陌生但又非常亲切的地方。这首诗显然具有一种朦胧感,它是心灵化的境界。王渔洋自己曾说过,"知味外味者,当自得之",所谓"味外味"看来就是神韵了。

说到神韵,它显然不是一种概念和规则,更不是像物体一样看得着、抓得住的东西,它必须通过山水景物传达出来,而它又不是景物本身。王渔洋自己说过:"大抵古人诗画,只取兴会神到,若刻舟缘木求之,失其指矣。"①又说:"'每有制作,伫兴而就',余生平服膺此言。"②这就是说,诗人在偶然的情况下与某处景物相遇,突发兴会,得到一种审美的体验,再用诗的语言表达出来,作品就具有了神韵。换句话说,神韵是诗人对世界、对人生、对自我的一种诗意的体悟和表达。

---

① 《池北偶谈》。
② 《渔洋诗话》。

从过去到现在一直有人在批评王渔洋,说他的作品"诗中无人""脱离现实",其实那一大半是出于误解。对王渔洋来说,神韵诗是对现实最真切、最全面、最深刻的一种反应,不仅如此,也是他人格、气质、性情和秉赋最为真诚的坦露。诗当中自然是有人在的,有的是一个多愁善感、向往超越和自由的王士禛。

神韵诗作为古代诗歌中的一个流派,它当然不是王渔洋凭空创造的,而是有着源远流长的传统。在六朝时,随着山水诗的出现,它就渐露端倪了。到了唐代,山水田园诗派的产生又使其获得重大的发展,从形式到内容都具有了自己的面目。王渔洋在一段专论神韵的话中说:"汾阳孔文谷云:诗以达性,然须清、远为尚。薛西原论诗,独取谢康乐、王摩诘、孟浩然、韦应物,言'白云抱幽石,绿筱媚清涟',清也;'表灵物莫赏,蕴真谁为传',远也,'何必丝与竹,山水有清音','景昃鸣禽集,水木湛清华',清、远兼之也。总其妙在神韵矣。'神韵'二字,予向论诗,首为学人拈出,不知先见于此。"[①]可见神韵诗确是渊源有自的,甚至"神韵"这个词也不是王渔洋的首创。王渔洋还选过一个唐人的诗集,称为《神韵集》,可惜现已失传,但他的另一个选本《唐贤三昧集》尚在,其中大量收录了王维、孟浩然、裴迪、储光羲、祖咏、常建等人的作品,称它们为"透彻玲珑,不可凑泊,如空中之音,相中之色,水中之月,镜中之像,言有尽而意无穷",由此可见王渔洋是把唐代王孟派诗人视为宗祖

[①]《池北偶谈》。

的。当然王渔洋自己的创作并不是他们简单的模仿和照搬,他综合了前代众多作家的创作手法,融会贯通,同时又注入了自己的时代感受和个人气质,形成了自己独特的王氏风格。我们在这个选本中可以发现,王渔洋的神韵诗绝大部分都是绝句,而且以七言绝句居多。这个样式对于表达他那种含蓄蕴藉的内涵是十分恰当的,唯有短才能含蓄,唯有律化才具有音乐化的效果。这个样式是王渔洋经过大量创作实践后才找到的。总之,王渔洋的神韵诗是在继承基础上的创造,它是历史与现实、继承与创新、共性与个性融为一体的艺术结晶。

扬州任满之后,王渔洋被召回京师。不久迁礼部主事,后又调户部。康熙十七年(1678),清帝闻其文名在懋勤殿亲自召见,随即改授翰林院侍讲。从此,王渔洋在仕途上步入了顺达的阶段,官一直做到刑部尚书。后期他生活的绝大部分时间是在京城度过的。王渔洋做官一向清廉,在扬州时即以"四年只饮邗江水,数卷图书万首诗"闻名江南。到了京师,也是公正廉直,秉公执法,不阿权贵,暇时唯以诗书为乐。然而他的生活处境以及心态毕竟与过去不同了,以往那个隐存的忧伤情结随着地位的变化逐渐地淡化。这期间王渔洋的创作道路也有转变,改向宋诗学习,试图探索新的风格。然而应该承认,后期的创作无论怎样地变,终究不能与前期的成就相比。相反,应酬诗大量增加,修饰的成分居多,他原先那种特有的神韵魅力也逐渐地消褪了。当清朝开始走向稳定和繁荣的时候,作为一个步入仕途的诗人,这种命运恐怕是难以避免的。为此,这以后王渔洋的大量诗作,本书就基本上不再选入了。

"明湖忆得吟秋柳,惨绿当年最少年。"当我们今天重读王渔洋当年的诗作,在他那神韵天然的世界里遨游的时候,还能看到那个"绝代销魂"的王阮亭吗?或许只有在那里,他才会和现在及未来的人们进行心灵的交流,并在这交流当中永存。

王小舒(山东大学文学院)

秋柳

顺治十四年(1657)秋天,王渔洋二十四岁时客游济南大明湖,赋下这四首诗。作者后来追序说:"顺治丁酉秋,予客济南,时正秋赋,诸名士云集明湖。一日会饮水西亭,亭下杨柳十余株,披拂水际,绰约近人,叶始微黄,乍染秋色,若有摇落之态。予怅然有感,赋诗四章,一时和者数十人。"后人推测,这实际上是王渔洋哀叹南明弘光朝的覆亡,借题发挥之作。

其一

秋来何处最消魂,　残照西风白下门①。
他日差池春燕影,　只今憔悴晚烟痕。
愁生陌上黄骢曲②,　梦远江南乌夜村③。
莫听临风三弄笛④,　玉关哀怨总难论⑤。

---

① 白下门:六朝时建康(今南京)城西门名。古乐府《杨叛儿》:"暂出白门前,杨柳可藏乌。"弘光朝建都在今南京,弘光帝朱由崧被清兵俘虏北去,所以这里用白门的典故。　② 黄骢曲:乐府曲调名。据《新唐书·礼乐志》说,唐太宗所骑战马,名黄骢骠,征高丽时,死

于道,颇哀惜之,命乐工制《黄骢叠曲》。　③乌夜村:村名。据范成大《吴郡志》说,晋穆帝后,何准女。其母生后时,群乌夜啼,因名其村为乌夜村。　④三弄笛:弄笛,吹笛。《世说新语·任诞》:"王子猷出都,尚在渚下,旧闻桓子野善吹笛,而不相识。遇桓于岸上过,王在船中,客有识之者,云:'是桓子野。'王便使人与相问云:'闻君善吹笛,试为我一奏。'桓时已贵显,素闻王名,即便回,下车,踞胡床,为作三调。弄毕,便上车去,主客不交一言。"这里,借此故事称吹笛。　⑤玉关:玉门关。王之涣《凉州词》:"羌笛何须怨杨柳,春风不度玉门关。"朱由崧被俘北去,所以这里用此典故。

翻译

秋来了,哪里最令人销魂?
是西风残照的白下门。
曾经是春燕差池倩影,
而今只剩得晚烟憔悴旧痕。
最愁陌上唱起《黄骢》曲,
魂梦犹绕江南乌夜村。
不要再听临风三奏长笛,
玉门关外的哀怨总难讲论。

其二

娟娟凉露欲为霜，　万缕千条拂玉塘。
浦里青荷中妇镜①，　江干黄竹女儿箱②。
空怜板渚隋堤水③，　不见琅琊大道王④。
若过洋阳风景地，　含情重问永丰坊⑤。

① 中妇镜：形容荷叶光洁，如妇女的镜子。中妇，二儿媳妇。陈后主《三妇艳诗》："中妇荡莲舟。"　②"江干黄竹"句：古乐府《黄竹子》："江干黄竹子，堪作女儿箱。"江干：江边。　③ 板渚隋堤：隋炀帝曾自板渚引黄河水达于淮海，谓之御河，河边植柳树，名隋堤。板渚，古津渡名，板城渚口的简称，在今河南荥阳市汜水镇东北黄河侧。　④ 琅琊大道王：古乐府《琅琊王歌》："琅琊复琅琊，琅琊大道王。"这里借用来指朱由崧，因为朱由崧本是明亲藩福王的世子，可以用琅琊王来称他。　⑤ 永丰坊：洛阳地名。范摅《云溪友议》载，白居易有妓樊素善歌，小蛮善舞，白年事既高，而小蛮方青春，于是赋《柳枝词》以托意，云："一树春风千万枝，嫩于金色软于丝。永丰西角荒园里，尽日无人属阿谁？"因为福王本封在洛阳，所以这里用永丰坊的典故。

翻译

娟娟的凉露将要成为霜,

万缕千条飘拂在玉塘。

浦里的青荷可以作为中妇镜,

江边的黄竹可以制成女儿箱。

空自怀怜板渚的隋堤水,

已看不到琅玡的大道王。

如果经过洛阳风景旧地,

得含情重问当年的永丰坊。

其三

东风作絮糁春衣①,　　太息萧条景物非。

扶荔宫中花事尽②,　　灵和殿里昔人稀③。

相逢南雁皆愁侣,　　好语西乌莫夜飞④。

往日风流问枚叔⑤,　　梁园回首素心违⑥。

---

① 糁(sǎn):粘附。　② 扶荔宫:汉宫名。汉武帝曾于上林苑中砌扶荔宫,植奇花异木。　③ 灵和殿:南朝宫殿名。《南史·张绪传》载,刘悛之为益州刺史,献蜀柳数株,枝条如丝缕。齐武帝植于灵和殿前,赏玩咨叹,说:"此杨柳风流可爱,不减张绪当

年。"这两句指南京宫殿的破坏。 ④ 西乌夜飞：朱超《城上乌》诗："朝飞集帝城,犹带夜啼声。近日毛虽暖,闻弦心尚惊。"萧纲《乌栖曲》："接翮同发燕,孤飞独向楚。值雪已迷群,惊风复失侣。" ⑤ 枚叔：枚乘,汉代辞赋家,仕梁孝王。 ⑥ 梁园：梁孝王的园囿,又称梁苑。故址在今河南商丘东。梁孝王曾集文士于此游宴赋诗。据吴均《西京杂记》记载,枚乘曾于梁园作《柳赋》。素心：平素的心愿。

翻译

东风吹下柳絮乱上春衣,
可叹满自萧条景物全非。
扶荔宫的奇花都尽,
灵和殿的旧人已稀。
相逢南雁尽是含愁,
好语西乌切莫夜飞。
往年的风流试问枚叔,
梁园回首素心已相违。

其四

桃根桃叶镇相怜①,　　眺尽平芜欲化烟。
秋色向人犹旖旎②,　　春闺曾与致缠绵。

新愁帝子悲今日[3]，　旧事公孙忆往年[4]。
记否青门珠络鼓，　松枝相映夕阳边[5]。

---

[1] 桃根桃叶：晋代王献之有妾名桃叶，桃叶妹名桃根。王曾临渡送姐妹二人，作歌道："桃叶复桃叶，桃树连桃根。相连两乐事，独使我殷勤。"这里以桃根、桃叶比喻秋柳的柔媚可爱。镇：总是。　[2] 旖旎(yǐ nǐ)：柔美的样子。　[3] "新愁"句：《楚词·九歌·湘夫人》："帝子降兮北渚，目眇眇兮愁予。"这里用来指朱由崧。　[4] "旧事"句：本汉宣帝故事。据《汉书·眭弘传》载，上林苑中大柳树断枯倒地，上有虫子食树叶成文字，曰："公孙病己立。"公孙指宣帝，病己，宣帝名。这里也用来指朱由崧。　[5] "记否"二句：青门，秦汉时长安城门名。珠络鼓：装饰珠宝的鼓。古乐府《杨叛儿》歌："七宝珠络鼓，教郎拍复拍，黄牛细犊儿，杨柳映松柏。"此二句回顾往日的歌舞盛况。

翻译

桃根桃叶总是相爱怜，
转眼一望平芜将尽化成烟。
秋色向人还存旖旎，
春闺曾经相与缠绵。
帝子的新愁悲哀今日，

公孙的旧事思念当年。
还记否那青门的七宝珠络鼓,
只剩得松枝相映在夕阳边。

藤花山下

　　藤花山在山东邹平境内。邹平是诗人外祖父的家乡。诗人小时候常去那里,对那一带的山水有很深的感情。这首诗作于他青年时,诗中描写了藤花山麓美丽的秋天景色。

麦陇参差碧岸头,　　藤花山下晚风秋。
一时残雨兼虹尽,　　百道清泉入涧流。

翻译

参差的麦垄布满河岸头,
藤花山下吹来晚风已入秋。
一霎那残雨和彩虹都已消失,
百道清泉汇入山涧溪流。

即目[①]

　　这一首诗描写诗人经过山东临淄一带时见到的情景。临淄曾是春秋战国时齐国的首都,昔日的繁华已去,只剩今天的寂寞荒凉,西风残照,令人惆怅。诗的末句,写农人耕作古原,含蓄地表达了某种深远的象征意义,回味无穷。

[①] 即目:就眼前的景物作诗,称即目。

　　苍苍远烟起,　槭槭疏林响[①]。
　　落日隐西山,　人耕古原上。

[①] 槭槭(sè):光秃的树枝发出的摩擦声。

翻译

　　远处升起青烟,
　　疏林传出瑟瑟的响声。
　　太阳落下了西山,
　　古原上还有人耕。

夜经古城作①

这一首同前面的《即目》一样,是诗人经过山东临淄时所作。此诗作于夜间,夜色笼罩之下,故城遗迹显示出一种神秘的萧瑟气氛。萧萧的白杨树似乎在向行人诉说着什么,又像是在自言自语。此诗写的是诗人的一种感觉。通过感觉来创造意境,也是神韵诗的一个特点。

① 古城:齐故城,旧址在山东淄博东北。

我行牛山下①,　寒墟带平楚②。
不见齐王宫,　空城半禾黍。
疏星耿不明,　白杨夜深语。

① 牛山:山名,在今临淄南。　② 平楚:平野上的树林。杨慎《升庵诗话》:"楚,丛木也;登高望远,见木杪如平地,故云平楚。"

翻译

我行经牛山之下,
平野有树林和村墟。

齐王的宫殿在哪里?

空城一半已生满禾黍。

疏星已不明亮,

白杨在深夜自语。

夜经古城作

清凉寺[1]

王渔洋的家乡新城有一美丽的锦秋湖,湖中的小洲是诗人少年时读书的地方。这首诗描写了锦秋湖美丽而宁静的早晨,渲染了一种远离尘世的清新而寂静的气氛。

[1] 清凉寺:寺名。在王渔洋家乡锦秋湖中的清凉台上。

朝日出浦口,　遥见清凉寺。
深竹不逢人,　经声在空翠。

翻译

太阳从浦口上升,
远远见到了清凉寺。
竹林深处遇不上人,
翠绿间传出颂经声。

浒山杂诗(选一)①

这首诗描写浒山一带初春时节的景色。春天的泉水从云中泻下,受了阳光的照射,如同七彩长虹,甚是美丽。

① 浒山:即浒山泊(pō),在山东邹平西长白山北。

书堂高在南山巅①, 日射峰头生紫烟。
昨夜雨消春水涨, 云中飞下百重泉。

---

① 书堂:宋范仲淹青年时曾读书于长白山醴泉寺,山上有书堂遗址。南山:即长白山,是泰山的副岳,因山中云气长白而得名。

翻译

书堂高在南山之巅,
阳光照在峰头腾起了紫烟。
昨夜雨后春水暴涨,
云中飞下百重清泉。

雄县道中感成①

顺治十六年(1659)春,王渔洋离开家乡赴京师谒选。这首诗作于北上途中。当时诗人将去他乡赴任,从此要远别家乡,所以对故乡的眷恋也特别深重。

① 雄县:在河北省中部,今保定市东。

三月莺花少, 愁人敢忆归。
边城春向尽, 无复雁南飞。

翻译

三月莺花稀少,
愁人哪敢思归。
边城春日将尽,
不再有雁南飞。

与大田淀中行话故园湖居有怀[①]

顺治十七年(1660)春天,王渔洋赴扬州任推官,一去就是五年。赴任的道中,诗人时时怀念家乡的景物,写成了这首诗。此中意境具有一种梦幻般的诗情画意,表达了诗人对家乡深深的爱恋。

① 大田:刘大田,王渔洋的同乡,一路伴送作者赴任。

贝丘城外晚烟围[①],　沙燕鸡鹊作队飞。
渔父唱歌天际去,　游人箫鼓月中归。

---

① 贝丘:古地名,或作沛丘,在山东新城东锦秋湖畔。

翻译

贝丘城外傍晚的炊烟成围,
沙燕和鸡鹊成群结队在飞。
渔翁唱着歌往天边摇去,
月夜里游人在箫鼓声中归来。

午睡过穆陵关觉后感成(选一)①

此诗作于赴扬州推官任途中,诗人以穆陵关山势的险峻反衬自己对家乡无法割舍的眷恋。诗中惊断的乡梦与穆陵关的白云构成了梦境与现实双重的扑朔迷离感,这种觉后的朦胧非常真实地再现了诗人当时魂系家乡的精神状态。

① 穆陵关:在山东临朐东南大岘山上,山谷峻狭,称为"齐南天险"。

崎岖驿路万重山,　乡梦犹能夜夜还。
忽听竹鸡惊午枕,　白云已失穆陵关。

翻译

崎岖不平的驿路要经过万重山,
梦里思念乡园还能夜夜把家还。
忽然听到竹鸡叫声惊扰了我的午梦,
一片白云已不见穆陵关。

高邮道中①

诗人南行的客船驶入了江苏高邮,这一带地势低卑,被水泽包围,气候阴湿多雨。在欣赏这一派南国景象时,诗人不禁想起了自己的家乡,那晴朗的蓝天和绿色的丘陵。异乡的风景给他带来了新奇感,也触动了他的乡思,他有点迷惘了。

① 高邮:市名,在江苏扬州之北。

泽国阴晴变①,　萧条客思迷。
千家流水合,　　四月稻秧齐。
卧看风樯转,　　行闻渚鸟啼。
不因卑湿地,　　自爱碧山栖。

---

① 泽国:即水乡,高邮一带地势低下多河流湖泊,故称。

翻译

泽国的天气阴晴不定,
景象萧条使客思迷离。

千家流水汇合,
四月稻秧插齐。
躺着看风樯转向,
行途听渚鸟鸣啼。
不因卑湿之地,
我自喜爱碧山幽栖。

六漫闸晚行却寄家兄(选二)①

王渔洋孤帆南下,旅途寂寞,更使人想起远在京师,曾朝夕相伴的长兄西樵,兄弟俩感情深厚,又是志同道合的诗友,如今各在一方,都是孤身一人。作者寄这几首诗给兄长,表达了自己的思念之意和当时的孤独之感。

① 六漫闸:在江苏高邮境内,临大运河。

其一

片帆几日入吴中, 北客南来似转蓬。
千里乡园莫回首, 射陂东下水连空①。

① 射陂:即射阳湖,在江苏宝应东。

翻译

一片风帆不几天就到达吴中,
北客南来有如飘蓬。
千里外的家园不必回首,
射阳湖东碧水连空。

其二

川途斜日去悠悠，　急鼓催更晚未收。
芦荻萧萧寒雁暝，　孤帆今夜泊秦邮①。

① 秦邮：即高邮，秦时曾置邮亭于此，故又称秦邮。

翻译

水道日斜路程悠悠，
急鼓催更到晚未收。
芦荻萧萧寒雁暝暝，
孤帆今夜停泊在秦邮。

高邮雨泊

王渔洋泊舟在秦少游的家乡高邮,夜深人静,春雨潇潇,他想起秦观那情景交融、缠绵凄婉的绝唱,体会到一种时代的寂寞。

寒雨秦邮夜泊船[①], 南湖新涨水连天。
风流不见秦淮海[②], 寂寞人间五百年。

---

① 秦邮:高邮的别称,见《六漫闸晚行却寄家兄》。 ② 秦淮海:秦观,字少游,号淮海居士,宋代著名文学家,著有《淮海集》。

翻译

夜泊在秦邮寒雨绵绵,
南湖新涨湖水连天。
秦少游的风流不能再见,
人间已寂寞了五百年。

邵伯舟中①

邵伯镇挨着江都城,离王渔洋南行的目的地扬州不远了。古运河两岸村庄疏落,人家临水而居,自有一番农家生活的情调。偶然看见的野戍和古庙,又暗示着这一带悠久的历史和不平凡的过去。河堤上宫柳依然,隋炀帝早已不在,只有乌鸦和夕阳在此流连不已。目睹眼前的景色,诗人不禁浮想联翩。

① 邵伯:镇名,在江苏江都境内。

一望遥天阔,　茫茫泛夕槎。
树分甓湖水①,　月上楚人家。
野戍寒虫乱,　回堤古庙斜。
芜城前路近②,　宫柳欲栖鸦。

① 甓(pì)湖:即甓社湖,在江苏高邮西。　② 芜城:扬州的别称,因鲍照的《芜城赋》而得名。

翻译

远远望去长天空阔,
暮色中行进着孤舟。
树影分开甓湖水,
明月照着楚人家。
野戍边秋虫唧唧,
曲堤上古庙欹斜。
芜城前路已近,
宫柳好栖归鸦。

宝应①

此诗是渔洋到达扬州后再过淮南之作。诗中描写射阳湖夜景,明月清风,碧草垂杨,如此姣好的夜色,使多情的诗人更加思念自己的家乡和亲友。

① 宝应:在江苏省。

画舫垂杨千万丝, 淮南江北断肠时。
谁堪此夜青天月, 碧草浓烟宿射陂①。

① 射陂:射阳湖。

翻译

画舫穿过垂杨的千万杨枝,
淮南江北断肠之时。
谁能消受这一夜青天明月,
碧草浓烟中停宿在射阳湖。

宜陵①

这首诗作于王渔洋到扬州任推官的当年。扬州一带到处是隋炀帝留下的遗迹,当地流传着许多关于隋炀帝的传说。置身在昔日的繁华之都,追忆隋炀帝的风流故事,给景物罩上了一层忧伤的色彩。

① 宜陵:镇名,在江苏江都市境。

向晚宜陵渡,　孤帆踏暝流。
千家渔火乱,　两岸候虫啾。
何处宫人墓①,　长怀帝子楼②。
客愁兼吊古,　今夜广陵秋③。

① 宫人墓:传说隋炀帝曾在宜陵一带埋葬宫女。　② 帝子楼:即迷楼,隋炀帝建,旧址在今扬州市北郊。　③ 广陵:扬州的旧称。

翻译

傍晚到了宜陵渡口,
　孤帆航进迷茫的河流。

看千家渔火闪烁,
听两岸蟋蟀鸣叫。
何处是隋朝的宫人墓?
直怀念着炀帝的迷楼。
客中生愁吊古,
今夜广陵入秋。

大观阁上眺白马湖[1]

这首诗描写诗人登宝应大观阁凭栏远眺白马湖的情景。湖上的景色,诗人在诗中并未详加描写,只通过千仞凭栏、乱帆远去、寒林钟声稍作点染。一句"白马湖头落日时"引人进入无限的遐想,景物全在语言描述之外、读者的想象之中。

[1] 大观阁:在江苏宝应城内。白马湖:位于宝应西,南连高宝湖。

千仞凭栏俯射陂[1], 乱帆暝色去何之。
钟声远出寒林寺, 白马湖头落日时。

---

[1] 射陂:见《六漫闸晚行却寄家兄》注。

翻译

千仞高阁上凭栏俯看射陂,
暮色中零乱的帆影去向哪里?
寒林古寺里远远传来钟声,
白马湖头太阳西落之时。

小亭偶成

　　这首五言绝句是渔洋在扬州时作,表达了思念家乡之情。前两句写春雨过后,小亭四周的媚人景色,后两句写自己空亭独立,魂飞故园。用笔简练而景象宛然,无限情思,溢出言外。

风前花蕊红,　　雨过苔痕绿。
何处故园心?　　独立空亭曲。

翻译

微风前红了花蕊,
小雨后绿了苔痕。
何处是故园之心?
我独立在一曲空亭。

舟夜忆家兄

这是王渔洋在扬州期间怀念家乡的兄长之作。全篇未直述对家乡和亲人的怀念,而是描写身边的夜泊景色,怀念之意全部通过对景物的描绘和体验来传达,这是王渔洋抒情诗的一个特点,即所谓"不着一字,尽得风流"。

推篷凉露下,　急柝静更深①。
鸡犬田家夕,　星河水气阴。
疏萤明乱荻,　渔火没空林。
故国思千里,　茫茫此夜心。

---

① 急柝(tuò):报更的木梆声。

翻译

推篷在凉露之下,
急柝过后静更深。
农夫家鸡犬夜晚,

星河间水气阴阴。
疏萤闪过乱荻,
渔火出没空林。
故国相思千里,
茫茫此夜之心。

文游台怀古(选一)①

这首诗写于顺治十七年(1660),诗人过高邮,登文游台思念苏东坡的文学业绩,又联想起南朝萧统当年的文选楼,遗迹空存,不胜感慨。

① 文游台:在江苏高邮城东。宋苏轼、孙觉、秦观、李公麟曾于此载酒论文。

文选楼空花可怜①,　文游台废水如烟。
昔人何处成今古,　风景无心一惘然。

---

① 文选楼:在扬州城内旌忠寺,传说梁昭明太子萧统著《文选》于此。见《文选楼怀古》。

翻译

文选楼空只剩繁花可爱,
文游台废只剩流水如烟。
昔人何处已成今古,
风景无心也叫人惘然。

江上怀汪、程、刘三子并寄家兄西樵(选一)①

顺治十七年(1660)秋,王渔洋赴江宁(今南京)充江南乡试同考官。这首诗作于渡江途中。诗中怀念在京师时的好友及长兄。开句自对面飞来,追想去年在京城离别的情景,次句拉回身边,写江上景物,造成时光流逝之感。后两句宕开去,回顾往日在扬州的相思情状,神思飞驰,超越时空,具有强烈的抒情效果。这种以情运景的手法,也是神韵诗的一大特色。

① 汪、程、刘:汪指汪琬,字苕文;程指程可则,字周量;刘指刘体仁,字公勇。三人都是王渔洋在京师时结识的诗友,相互唱和赠答甚多。西樵:王士禄,字子底,号西樵,王渔洋长兄。

天宁佛火共淹留①, 千里惊逢落雁秋。
何处凭栏望西北, 暮云明月满萧楼。

① 天宁:天宁寺,在京师(今北京)。顺治十六年冬,长兄西樵在此送别渔洋。

翻译

天宁寺佛火中曾共淹留,
千里外相惊重逢在落雁之秋。
向何处凭栏眺望西北,
暮云明月满此萧楼。

江上怀汪、程、刘三子并寄家兄西樵(选一)

季夏七日舟中乍凉有秋意试笔(选一)

此诗作于扬州任上,描写苏北一带初秋的景色。物候的变化和诗人敏锐的情感触觉并融于诗中,写出了一种略带惆怅的美。

芦荻何萧疏, 风日始清美。
叶叶隔林帆, 秋心满烟水。

翻译

芦荻何其萧疏?
风日方见清美。
叶叶隔着如林的船帆,
秋心已满烟水。

江上寄程昆仑（选一）

程康庄,字坦如,号昆仑,是王渔洋的好友,时任镇江通判,跟推官任上的王渔洋一江之隔。这首诗是王渔洋寄给程昆仑的,表达了他怀念好友之情。

白浪金山寺①，　青山铁瓮城②。
故人今不见，　杨柳作秋声。

① 金山寺:在镇江西北金山上,北临长江。　② 铁瓮城:即镇江。据《镇江府志》载,孙权曾于此筑城,内外皆甓以甓(pì)。号铁瓮城,以其坚固如金城。今已废。

翻译

白浪涌出金山寺，
青山围绕铁瓮城。
友人今不能相见，
杨柳发出秋声。

再过露筋祠[1]

  这是王渔洋的一首名作。诗中描写的是露筋祠外月夜的景色。这是一个超然于尘世的世界,碧树和湖云与祠里的女神有一种默契、呼应的关系,它们构成了女神生活的环境。尤其是那默默开放的白莲,它点活了整幅图景,象征着女神纯洁、宁静的灵魂。

[1] 露筋祠:庙名,在江苏高邮南。相传古代有女子夜经此地,不肯失节投宿人家,被蚊虫叮咬露筋而死。当地人为之立祠纪念。

翠羽明珰尚俨然[1], 湖云祠树碧于烟。
行人系缆月初堕, 门外野风开白莲。

---

[1] 翠羽明珰:祠中女神所戴的装饰品。

翻译

翠羽明珰相貌还俨然在目,
湖上白云祠畔树木碧于水烟。
行人在此泊舟系缆正月儿西坠,
门外野风吹拂着盛开的白莲。

落日

这首诗描写黄昏时分长江中的景色。作者刻画传神,声色并茂,用墨不多而景象开阔,如同一幅清淡的水墨画。

落日下长川,　扬舲去安极[①]。
不辨水禽声,　十里菰蒲色[②]。

① 舲:有窗户的船。　② 菰(gū)蒲:都是生长在浅水中的植物。

翻译

落日坠入长江,
扬舲前去哪有终极。
不知是什么水禽的声音,
十里尽是菰蒲绿色。

文选楼怀古

此诗为王渔洋在扬州时作。据《扬州画舫录》载,扬州小东门西旌忠寺巷"俗传梁昭明太子著《文选》于此,因于寺建后楼,额曰'梁昭明太子文选楼',是地昔名曹宪巷"。诗中认为,萧统作为一位太子真正留给后人并风流长存的是他编选的《文选》。该诗表达了对这位文学家的思念。

何处登临起暮愁, 萧梁人代几悠悠。
心悲宝志诗中语①, 泪洒维摩江上楼②。
元圃风流人已尽③, 芜城日落草先秋④。
销沉故迹遗书在, 佛火寒钟对暝流⑤。

---

① 宝志:南朝高僧,相传曾作谶诗,预言侯景之乱和梁朝的衰落,当然是事后所附会。 ② 维摩:萧统的小字。 ③ 元圃:传说中的神仙所居之地,这里借指扬州。 ④ 芜城:见《邵伯舟中》注。 ⑤ 佛火寒钟:指旌忠寺。

翻译

何处登临日暮生愁,

萧梁时代逝去已如此悠久。

心悲神僧宝志诗中语句,

泪洒昭明太子江上层楼。

元圃风流人物已尽,

芜城旧落草木先秋。

故迹销沉遗书还在,

旌忠寺内的文选楼啊,

佛火寒钟面对夜晚的江流。

赋得隋堤柳①

  这首七言律诗是吊古之作。以隋堤柳为题凭吊风流君主隋炀帝。

① 隋堤：隋炀帝开凿运河，河旁筑御道，宽四十步，上植柳树，后人称为隋堤。

邗沟南望是金城①，　更指隋堤百感生。
撩乱飞花春日晚，　凄迷江曲候潮平②。
弩台雨过连莎影③，　水殿秋来起雁声。
犹为君王镇憔悴，　大堤如雪不胜情。

① 邗(hán)沟：即古运河。金城，即镇江。唐时裴头陀曾获金于该城江边，故名。　② 候潮：早晚的潮汐。　③ 弩台：《明一统志》：石城山在湖州府城西南三十里，昔严白虎于此垒石为城，与三国吴将吕蒙战，至今山上有弩台遗址。此诗中弩台泛指练兵场所。

翻译

邗沟南望便是金城,

更指向隋堤令人百感丛生。

飞花撩乱春日已晚,

江曲凄迷候潮已平。

弩台经雨过连着莎影,

水殿入秋来起着雁声。

还为君王成天憔悴,

大堤上杨花如雪不胜情。

即事

这是一首即景写就的水乡风情诗,描写苏北湖民的水上生活。诗人笔下的湖民生活诗意盎然,他们荡舟在莲叶荷花丛中欢声笑语不断,有人还在欣赏那落霞的鲜红。其实他们自己就是这景色中最美的部分。

十里田田荷芰风①,　渔舠如叶出花中②。
鹅儿湖北烟初暝③,　背指明霞几缕红。

① 荷芰(jì):出水菱荷的叶与花。　② 舠(dāo):形似刀的小船。
③ 鹅儿湖:在江苏高邮西。

翻译

荷芰田田吹过十里清风,
渔船像莲叶荡出花中。
鹅儿湖北炊烟初暝,
背指着明霞几道鲜红。

自淮上归维扬病中杂兴(选一)①

这首五言绝句作于王渔洋赴淮南出差回扬州时,诗中描写了在古运河乘舟途中看到的景色。

① 维扬:扬州的别称。

锦缆空寒水①, 垂杨只暮鸦。
秋来更肠断, 风雨玉勾斜②。

---

① 锦缆:隋炀帝当年乘楼船下扬州时,曾以锦缆拉纤。 ② 玉勾斜:扬州城内有戏马台下路,号玉勾斜。

翻译

寒水里锦缆已空,
垂杨上只栖暮鸦。
秋来更使人肠断,
是那风雨中的玉勾斜。

山光寺

  山光寺在江苏江都湾头,曾是隋帝的北宫。岁月变迁,宫殿颓坏后改建为寺。诗人在诗中用"零落"一词来形容隋宫的废败,把自然界的春荣秋衰与人世间的沧桑演变沟通起来,使人间景物与秋暮的自然景观融为一个不断变迁着的整体。

舟过山光寺,　西风柳渐凋。
隋宫零落尽,　秋日水迢迢。

翻译

船过了山光寺,
西风吹起杨柳渐凋。
隋代的宫殿零落已尽,
秋天里江水迢迢。

之真州道中偶作①

这是王渔洋在扬州时所作,描写隋苑遗址的萧瑟景色。全诗由远而近,勾画一幅荒凉、僻静、人迹罕至的野林荒甸,然后通过行人指点,揭示出它奢华的过去。诗中未作任何议论,置不尽的感慨于诗外。

① 真州:今江苏仪征境内,在扬州西,南临长江。

芜城西望人烟远①,　秋风斜日蝉声晚。
青草迷离野渡横,　行人指点隋家苑②。

---

① 芜城:见《邵伯舟中》注。　② 隋家苑:隋炀帝所建苑林,一名上林苑,又名西苑,旧址在扬州城西北郊。

翻译

芜城西望人烟已远,
秋风残照蝉声已晚。
青草迷离横着野渡船,
行人指点那是隋家宫苑。

青山[1]

这首诗描写雨后的秋山景色,着墨不多,意深味长,景物与人之间有一种默契会心之感,作者在《渔洋诗话》中称此诗为"一时伫兴之言,知味外味者,当自得之"。

[1] 青山:在江苏仪征西南,南临长江,因山色常青而得名。

晨雨过青山,　漠漠寒烟织。
不见秣陵城[1],坐爱秋江色。

[1] 秣陵:南京的旧称。

翻译

晨雨中经过青山,
漠漠寒烟轻织。
不见那秣陵城,
只爱这秋江色。

江上

　　这组诗是王渔洋扬州任上赴江宁(今南京)时所作,被誉为渔洋代表作之一。它们最大的特点在于创造了一个凄迷、幽深的艺术境界。在这个境界中,景物不是各自独立的,而是互相呼应、衬托的整体,是诗人心灵的外化。它们像一支支乐曲,潜移默化地打动你,把你带进梦一般的世界。

其一

扬子津头雁影迟①,　建康城畔柳如丝②。
秋来无限伤心色,　况值銮江暮雨时③。

---

① 扬子津:又名扬子渡,在扬州江都南。　② 建康:南京的旧称。
③ 銮江:在江苏仪征,东入长江,为扬州赴京口之处。

翻译

　　扬子津头雁影低回,
　　建康城边柳条如丝。

这都是入秋以来叫人伤心的景色,
何况逢上銮江暮雨之时。

其二

吴头楚尾路如何^①?　　烟雨秋深暗白波。
晚趁寒潮渡江去,　　满林黄叶雁声多。

---

① 吴头楚尾:本指春秋时吴楚两国交界之地,这里泛指长江下游。

翻译

吴头楚尾的路途如何?
秋深了烟雨中暗暗见到江波。
晚上趁着寒潮渡过江去,
满林是黄叶雁的叫声多。

过方山港

方山在江苏省仪征西,其山因四面平正而得名。这一带曾经是隋代六宫驻地,诗人过此凭吊故迹。

泊舟方山港, 吊古方山亭。
隋宫罗绮尽, 石上藓痕青。

翻译

停船在方山港,
吊古在方山亭。
隋宫的罗绮都看不到了,
只留得石上苔藓青青。

瓜步河上眺望

瓜步河在南京六合东南,因傍靠瓜步山得名。南北朝时这里是兵家争夺的要地,北魏太武帝率军南下攻打刘宋时,曾在此凿山盘道,设毡殿,隔江威胁建康。诗人凭吊一代霸主的遗迹而悲慨。

眺远空江上, 双峰列翠屏。
莓苔瓜步碣, 风雨石帆铭。
黛色迎船绿, 岚光泼棹青。
战场悲太武, 涛气晚冥冥。

翻译

在空阔的江上眺望,

双峰排列着有如翠屏。

长莓苔的瓜步碣,

经风雨的石帆铭。

黛色迎船呈绿,

山光泼棹泛青。

在古战场上为太武帝悲哀,

到晚上涛气冥冥。

瓜步镇道上①

此诗是写景之作。

① 瓜步镇:在南京六合东南瓜步山下。

佛狸祠边苦竹丛①，　　苻融山外桂枝风②。
隔江暮雨秋千里，　　愁听西风白下钟③。

---

① 佛狸祠:旧址在南京六合瓜步山上。公元450年北魏太武帝拓跋焘南下攻宋时所建。佛狸，拓跋焘的小名。　② 苻融山:在安徽寿县境,前秦苻坚侵晋,大将苻融战死,这山以此得名。　③ 白下:南京的别称。

翻译

佛狸祠边生满苦竹，
苻融山外桂树临风。
隔江暮雨千里秋色，
愁听那西风飘来白下鸣钟。

晓雨复登燕子矶绝顶①

顺治十七年(1660),王渔洋有事赴江宁(今南京),公事之暇,他遍访名胜古迹,题咏殆遍。这首七律是他再次登临燕子矶所作。诗中通过东晋的旧事,寄托了对南明弘光朝覆亡的感慨。

① 燕子矶:在南京北观音山上。

岷涛万里望中收①,　振策危矶最上头。
吴楚青苍分极浦,　江山平远入新秋。
永嘉南渡人皆尽②,　建业西风水自流③。
洒洒重悲天堑险,　浴凫飞鹭满汀洲。

① 岷涛万里:指长江。长江上游的岷江旧称长江的源头,故有此句。
② 永嘉南渡:永嘉是晋怀帝年号。永嘉五年(311),羯族石勒攻破洛阳,晋宗室司马睿南渡建立东晋。　③ 建业:南京的旧称。

翻译

岷涛万里在眼底尽收,

扶杖登上了危矶的最上头。
吴楚一片青苍分界极浦，
平远的江山进入了新秋。
当年永嘉南渡旧人已尽，
剩有建业西风江水自流。
洒洒重为天堑之险发悲叹，
只见浴凫和飞鹭满汀洲。

寄怀彭十骏孙

彭孙遹,字骏孙,号羡门,浙江海盐人。是王西樵、王渔洋兄弟二人在京师时结识的诗友,相互唱和甚多,有《彭王唱和集》。这首诗怀念在京师时朝夕相处的情景,表达了对回到家乡的朋友的思念。

萧寺钟残时,　燕山霜落夜[①]。
对床语清夕,　流连不知罢。
落叶一纷飞,　离鸿遂南下。
澉浦近青山[②],　依稀见君舍。

---

① 燕山:指北京。旧有燕山府,治所在今北京城西南。　② 澉(gǎn)浦:在浙江海盐南。

翻译

寺院钟声将尽,
燕山落霜夜晚。
对床通宵清谈,

流连不知作罢。
落叶一旦飞舞,
离鸿就此南下。
潋浦临近青山,
依稀见你屋舍。

竹亭晚坐见雁①

此诗系诗人在扬州任推官时的思乡之作。遣词质朴,明白如话,与他作有所不同,读来别有一种亲切之感。

① 竹亭:诗人在扬州任推官时的住所,又名抱琴亭。

晚菊花犹放, 孤亭气已寒。
北来征雁影, 遥下楚云端。
应自山东至, 故乡消息难。
家人千里外, 曾否寄平安?

翻译

晚菊的花仍开放,
孤亭的气温已寒。
北边飞来的雁影,
远远地飞下楚云之端。
雁应从山东飞来,
但传故乡的消息可难。
家里的人在千里之外,
曾否寄我书信报平安?

毗陵道中雨①

顺治庚子(1660)冬,王渔洋因公事到江南,所到皆有诗文,编成《过江集》。此诗描绘常州的景色,极具江南特色。

① 毗(pí)陵:古县名,在今江苏常州。

曲港回汀暗野桥, 斜风吹雨暮潇潇。
江南乌桕红千树, 望断春申浦上潮①。

① 春申浦:上海黄浦江的别称,又名黄歇浦,相传为战国时楚春申君黄歇所疏凿。

翻译

曲港回汀已看不清楚那野桥,
天已晚斜风吹雨潇潇。
江南的乌桕树红了千株,
望断春申浦上的暮潮。

毗陵归舟[①]

这首诗写夜晚乘舟渡江的情景。江岸的景色遥远而朦胧,月光下一切都隐去了它们现世的色彩,变得美好而陌生。人仿佛进入了另外一个世界。诗人就置身于这样一个想象的美的世界中。

[①] 毗陵:见《毗陵道中雨》注。

泊船西蠡河[①],　解缆东城路。
凉月淡孤舟,　　遥村隐红树。
杳杳暮归人,　　悠悠渡江去。

[①] 西蠡河:在常州城南,相传为范蠡所凿。

翻译

泊船在西蠡河,
解缆在东城路。
凉月淡淡地照着孤舟,

远远地红树隐蔽着村子。

杳杳的日暮归客，

悠悠地渡江离去。

过丹徒镇①

这是诗人过镇江时所作。镇江一带凭山临江,地靠南京,城外多有戍垒,是江防重地。

① 丹徒镇:在镇江东。

舟过丹徒镇,　霜枫夹岸稠。
潮回扬子夕①,　山接秣陵秋②。
斜日低帆影,　轻寒闭水楼。
江城多戍垒,　哀角动新洲③。

① 扬子:扬子江,长江在扬州与镇江间的一段,旧称扬子江。
② 秣陵:见《青山》注。　③ 新洲:在南京江宁区北大江中,一名蒋家洲。

翻译

船经过了丹徒镇,
经霜的枫树夹岸稠。
潮水回荡扬子的夜晚,

青山连接秣陵的暮秋。
斜阳低低地照着帆影,
在轻寒中关闭了水楼。
江城多有戍垒,
哀角吹动新洲。

竹林寺题壁①

此诗写山中寺僧幽静的生活,写得毫不枯寂,充满了生机。

① 竹林寺:在江苏镇江。

日暮南山里,　山僧远独归。
竹林覆残雪,　石涧掩荆扉。
行道花常落,　焚香鸟自飞。
京江泉壑好①,　朝夕在清晖。

① 京江:即镇江。

翻译

南山里太阳西落,
山僧独自从远处归来。
竹林间覆盖着残雪,
石涧旁掩闭了柴扉。

行道花朵常落,
焚香鸟儿自飞。
京江的山水美好,
朝夕呈现清晖。

吸江亭观落照①

这首诗写长江夕照,用笔精炼,意象开阔。寥寥数笔,有千里之势,是渔洋五言绝句中的佳作。

① 吸江亭:在江苏镇江焦山上。

返照入长江, 江流自平远。
坐眺爱青山, 白云独归晚。

翻译

落日返照长江,
江水流入平远。
为爱青山眺望,
唯有白云归晚。

复至瓜洲渡作(选一)①

瓜洲在长江北岸,与京口(今镇江)隔江相对。此诗前两句追忆昨日对岸遥望瓜洲的情景,后两句写眼下瓜洲渡口所见的江上景色。

① 瓜洲:今扬州瓜洲镇。因江中积沙成洲,如瓜形,故得名,是古运河入江口,也是重要的长江渡口。

昨上京江北固楼, 微茫风日见瓜洲。
层层远树浮青荠, 叶叶轻帆起白鸥。

翻译

昨日登临京江的北固楼,
迷迷茫茫的风日中遥见瓜洲。
层层远树像浮着青荠,
叶叶轻帆似飞起白鸥。

抱琴亭

此诗系王渔洋在扬州期间所作。抱琴亭,即诗人在扬州时的住所。诗中描写亭子周围的雪景,表现自己高洁的情怀。

寒丛响冻禽, 绕砌鸣修竹。
幽人抱琴来①, 雪压池边屋。

---

① 幽人:指王渔洋的友人。

翻译

严冬树丛里响着受冻的飞禽,
绕阶响着的竹林。
高士抱琴而来,
池边的屋舍被大雪压侵。

怀家兄西樵、礼吉同子侧作①

此诗是诗人在扬州时怀念三位兄长之作,先从自己身处之境写起,然后神驰千里外的山东故乡,表达了久萦胸中的思乡之意与手足之情。

① 西樵:王渔洋长兄,名士禄,字子底,号西樵。礼吉:王渔洋仲兄,名士禧,字礼吉。子侧:王渔洋叔兄,名士祜,字子侧,号东亭。

安稳蒲帆挂北风, 江村雪后夕阳红。
燕山锦水千重路①, 香草河边起暮钟②。

---

① 燕山:在山东济南东南郊。锦水:指锦秋湖,在王渔洋家乡新城。
② 香草河:王渔洋家乡的一条小河。

翻译

蒲帆安稳地挂在北风之中,
江村的雪后是一片夕阳红。
燕山锦水千重道路,
香草河边响起了晚钟。

夜雨题寒山寺寄苕文、西樵、礼吉①（选一）

顺治十八年(1661)初，王渔洋有事赴苏州，在苏州期间著《入吴集》诗一卷，自序说："是役也，发朱方，次云阳，抵吴阊，归经伯鸾之溪，前后所得诗六十余篇，题曰《入吴集》。"此诗为夜泊苏州寒山寺时所作。《渔洋山人自撰年谱》记载当时情景说："舟泊枫桥，过寒山寺，夜已曛黑，风雨杂还。山人摄衣着屦，列炬登岸，径上寺门题诗二绝而去。一时以为狂。"诗中境界绝类张继的《枫桥夜泊》，结句侧重描写内心的感受，把原属迷朦的景物推向更加空灵的境地。

① 寒山寺：在苏州阊门西十里枫桥下。苕文：汪琬，字苕文，是王渔洋京师结识的诗友。西樵、礼吉：见《怀家兄西樵、礼吉同子侧作》注。

日暮东塘正落潮，　　孤篷泊处雨潇潇。
疏钟夜火寒山寺，　　记过吴枫第几桥？

翻译

傍晚东塘正在落潮,
孤篷停泊之处暮雨潇潇。
稀疏的钟声星星的灯火是寒山寺,
记得过了苏州的第几桥是枫桥?

虎山擅胜阁眺光福寺以雨阻不得往①

此诗亦系作者有事赴苏州期间作。据《渔洋山人自撰年谱》载:"闻邓尉梅花盛开,遂轻舟入太湖上,自光福元墓,留圣恩寺、四宜堂,信宿而返。"诗中描写了吴县一带湖山的烟雨景色。

① 虎山:在苏州西南光福里,相传吴王曾养虎于此。山上有石梁,名虎山桥。擅胜阁:在虎山桥南。

虎山桥畔尽层松, 掩映寒流古寺红。
却上重楼看邓尉①, 太湖西去雨濛濛②。

---

① 邓尉:山名,在光福里锦峰山西南。汉有名邓尉者隐居于此,故名。 ② 太湖:又名震泽、五湖,跨江浙两省,号称三万六千顷。

翻译

虎山桥边尽是层层青松,

掩映寒流隐藏着古寺墙红。

登上重楼遥看邓尉，

太湖西去烟雨濛濛。

惠山下邹流绮过访①

惠山在江苏无锡城西北郊,又名九龙山。此诗是王渔洋游惠山时所作,诗中描述了友人晚间来访的情景。

① 邹流绮:邹绮,字流绮,江苏无锡人,王渔洋的诗友。

雨后明月来,　照见下山路。
人语隔溪烟,　借问停舟处。

翻译

雨后明月东升,
照见下山的道路。
隔着溪烟有人说话,
正探问停舟何处。

即目

此诗为王渔洋在扬州时所作,描写扬州一带的长江雨景。

萧条秋雨夕， 苍茫楚江晦①。
时见一舟行， 濛濛水云外。

① 楚江:长江的中下游,战国时属楚国地界,故又称楚江。

翻译

下着秋雨的萧条夜晚,
苍茫的楚江阴晦。
时常看到一条船在驶行,
行到了濛濛水云之外。

访纪伯紫

顺治十八年(1661)春,王渔洋有事赴江宁(今南京),访友游览,即事赋诗,著有《白门集》。这期间结交了不少布衣朋友,其中也有明代遗民。纪映钟,字伯紫,自号钟山遗老,是一位隐居金陵的遗民。这首诗描绘了纪伯紫住处清幽僻静。

闲踏春泥着屐来, 烟波百折孝侯台①。
柴门径僻少人迹, 门外野棠花乱开。

① 孝侯台:晋周处的读书台,旧址在今南京市西南。周处谥号孝,人称孝侯。

翻译

着木屐踏春泥信步而来,
烟波百折之处是周孝侯台。
柴门路径偏僻很少人迹,
门外的野棠花随意乱开。

秦淮杂诗(选二)

秦淮河横贯南京,旧时歌楼舞榭林立。王渔洋当时就住在秦淮河边,他写了杂诗二十首,歌咏前代旧事,抒发盛衰之感。

其一

年来肠断秣陵舟①, 梦绕秦淮水上楼。
十日雨丝风片里, 浓春烟景似残秋。

① 秣陵:见《青山》注。

翻译

近年来使人肠断的是秣陵舟,
它使我梦绕秦淮水上楼。
十天的雨丝风片,
使浓春烟景也好似残秋。

其二

潮落秦淮春复秋， 莫愁好作石城游①。
年来愁与春潮满， 不信湖名尚莫愁。

① 莫愁：莫愁湖在南京市水西门外。传说六朝时有女子名卢莫愁，住湖上，因而得名。《古乐府》："莫愁在何处？住在石城西。艇子打雨桨，催送莫愁来。"石城：石头城，南京城（金陵）的旧称，东汉末孙权重筑，起此名。

翻译

秦淮河的落潮经春历秋，
莫愁女好作石城之游。
近年来愁绪像春潮涨满，
不相信湖的名称还叫莫愁。

长干绝句(选一)

　　长干寺在南京城南,南朝梁时建,为金陵八大寺之一。木末亭在其近侧的山冈上,烟岚蓊郁,是俯视南京城的好去处。这首诗描写了木末亭上看到的江山远景。

欲向长干寺，　还登木末亭。
云中一江白，　烟际万峰青。

翻译

想前往长干寺，
回头登上木末亭。
云堆中一江白水，
烟雾里万峰青青。

燕子矶阻风寄丁继之(选一)

丁继之是王渔洋在江宁(今南京)时结交的布衣朋友。王渔洋离别时寄诗给他。诗中描述了出江宁城外看到的景色。

醉别冶城花[①]，　醒见栖霞树[②]。
浦口晚潮生[③]，　江天数帆暮。

[①] 冶城：古城名，故址在今南京市朝天宫一带。　[②] 栖霞：区名，在南京市东。　[③] 浦口：在今南京浦口区东。

翻译

酒醉中告别冶城花草，
酒醒后遥见栖霞绿树。
浦口的晚潮已经涨起，
帆影衬着日暮江天。

大风渡江（选二）

这两首诗是顺治十八年(1661)春，王渔洋从江宁(今南京)返回扬州途中所作。当时正值大风，诗中描写了风中行船所见到的景物。

其一

凿翠流丹杳霭间， 银涛雪浪急潺湲。
布帆十尺如飞鸟， 卧看金陵两岸山。

翻译

凿翠流丹的楼阁渐入杳霭之间，

江水如同银涛雪浪奔流潺湲。

十尺的布帆好似飞鸟，

躺着看金陵两岸的青山。

其二

红襟双燕掠波轻， 夹岸飞花细浪生。
南北船过不得语， 风帆一霎剪江行。

翻译

红胸双燕掠波轻盈，
夹岸飞花细浪已生。
南北船擦舷而过欲语不得，
风帆一霎那剪江而行。

青枫镇[①]

这首诗作于扬州期间,描写了诗人在旅途中孤寂的感受。

[①] 青枫镇:江苏吴江一小镇。

几度吴江旅恨同, 扁舟今又过青枫。
萧条水驿斜阳外, 已见渔灯无数红。

翻译

几次到吴江旅恨相同,
小船今天又经过青枫。
萧条的水驿在斜阳之外,
已见到渔灯无数闪红。

梦家兄子侧

王渔洋到扬州的第一年秋季染上重病,他的三兄子侧特地从家乡赶到扬州照料弟弟,三个月后渔洋病愈方离开。这首诗作于兄弟相别之后,用述梦的方式表达对兄长深深的敬爱和感激之情。

别来三日不成眠， 风雨连朝太剧颠。
今夜梦君浑似昨， 飞花点鬓踏吴船。

翻译

别后三天我难以入眠，
连朝风雨如狂似颠。
今夜梦君和原先一样，
飞花点鬓正踏上吴船。

宜陵①

此诗为王渔洋在扬州时作。描写秋暮水乡的景色。末句化用王维《辋川闲居》中语,自然妥帖,毫无痕迹。

① 宜陵:镇名,在江苏江都境内。

寥落青芜晚进船, 明霞起处水生烟。
断云斜日宜陵道, 一路临风听暮蝉。

翻译

在寥落青芜中晚上开船,
明霞起处水乡生烟。
宜陵道中尽是断云斜日,
一路上临风倾听暮蝉。

怀洞门入闽[1]

这是怀念友人之作,全诗以想象写成,以描述梦境的方式表达了诗人对朋友真挚的情意。

[1] 洞门:荣开,字文启,号洞门。王渔洋的同乡兼朋友。当时有事入闽。闽:今福建省。

七夕凉风吹客颜, 仙霞岭外度重关[1]。
桂花欲黄榕叶碧, 思君梦绕江郎山[2]。

---

[1] 仙霞岭:在福建省北部,山势险峻。 [2] 江郎山:一名金纯山,又名须郎山,简称江山,在浙江江山南。相传昔有江氏兄弟三人登其巅化为石,因名,俗称江郎三片石。

翻译

七夕的凉风吹拂着过客的容颜,
在仙霞岭外度过了重关。
此刻正是桂花欲黄,榕叶已碧,
思念你我梦魂飞绕在江郎山。

真州道中绝句(选二)①

此诗为王渔洋在扬州时作,写夜晚行船看到的景色,以及自己潇洒超脱的情怀。

① 真州:见《之真州道中偶作》注。

其一

返照在船头, 新月出船尾。
玉沙何粼粼①,清辉满葭苇。

① 玉沙:真州江边多白沙,有白沙洲。粼(lín)粼:水中之石清澈可见。

翻译

落日返照着船头,
新月出现在船尾。
白玉般的沙石在水间何其清澈,
清辉照着葭苇。

其二

河汉有风露，　夜凉川上秋。

幽人揽明月，　一棹下清流。

翻译

天河里有着风露，

江面上夜凉成秋。

幽人欲揽明月，

扁舟直下清流。

真州即事

此诗是王渔洋在扬州时作,赞美真州一带的景色。

夕阳沉沉水增绿, 萍花柳花相断续。
十尺长桥八幅舟, 人家何似青溪曲①。

① 青溪:水名,发源于南京市钟山西南,屈曲穿过南京市区流入秦淮河,长十余里。因曲折最多,后世亦称九曲青溪。五代以后逐渐湮废,今仅存进入秦淮河的一段。

翻译

夕阳沉沉河水更呈绿。
萍花柳花相断相续。
十尺的长桥八幅的船,
人家哪里能如青溪九曲。

秋日昭阳道中①

此诗写沿途所见的渔村景色,描绘了苏北水乡美丽的早晨。

① 昭阳:在兴化东,有昭阳府君庙,相传即楚怀王令尹昭阳之祠。

中流晓日见帆影, 夹岸垂杨多钓矶。
一路渔村好风景, 神鸦欲落白鸥飞。

翻译

早晨太阳东升照着中流的帆影,
河两岸垂杨之下多有钓矶。
一路尽是渔村好风景,
神鸦要飞下白鸥又飞起。

梅花岭怀古

此诗为作者于扬州期间所作。梅花岭在扬州广储门外,岭上埋葬着史可法的衣冠冢。明弘光元年(1645),史可法在扬州抵抗清兵,城破殉难。这诗写得很沉痛,也很含蓄,表达了对史可法由衷的崇敬之情。

梅花岭外夕阳时, 步屧重来有所思①。
异代衣冠余蔓草, 千年伏腊只荒祠。
芜城落日人烟杳②, 瓜步清秋戍角悲③。
萧瑟西风松柏树, 春来犹发向南枝。

① 屧(xiè):古代鞋中的木底,亦泛指鞋。 ② 芜城:见《邵伯舟中》注。 ③ 瓜步:瓜步山,在扬州西六合南,南临长江,是历代军事争夺要地。

翻译

梅花岭外夕阳西下之时,
步行重来心有所思。

前朝衣冠只余蔓草,
千年伏腊但剩荒祠。
落日中芜城人烟稀少,
清秋时瓜步戍角声悲。
在西风萧瑟中的松柏树,
到春来还萌发向南的新枝。

梅花岭怀古

江城雪景图

这是一首题画诗,把图画的境界诗化了,这也是王渔洋的特长。

晓寒生朔吹, 密雪覆江城。
水阁家家掩, 扁舟何处行?

翻译

北风吹动晓寒生。
紧密的白雪盖遍了江城。
水阁人家掩上门,
扁舟向何处航行?

题樊洽公画

樊圻,字洽公,清初画家,善画山水。这首诗描述了樊圻的一幅山水画意境,写出了潇湘秋景特有的迷离之美。

芦荻无花秋水长, 澹云微雨似潇湘①。
雁声摇落孤舟远, 何处青山是岳阳②?

① 潇湘:二水名,在湖南境内,其地烟水迷濛。 ② 岳阳:市名,在今湖南岳阳,处洞庭湖入长江之口。

翻译

芦荻犹未着花秋水绵长,
澹云微雨恰似潇湘。
雁声摇落孤舟已远,
哪处的青山是岳阳?

题叶欣画

叶欣,字荣木,清初山水画家。这首诗描述山中的一幅溪水画境。诗中想象自己进入了画面,坐在溪水边,欣赏这里幽深的山景,令人有身临其境之感。

偶来独坐碧溪头, 石涧茅亭白日幽。
风雨欲来山欲暝, 万松荫里飒寒流。

翻译

偶然前来独坐在碧溪头,
石涧茅亭白日最清幽。
风雨就要来了山色已晦暝。
万松荫里飒飒的是寒流。

寄陈伯玑金陵(选一)

陈允衡,字伯玑,王渔洋的好友。据王渔洋《居易录》记载:"南城伯玑客金陵,清羸善病,以予故数来扬州,选录《国雅集》。予居之古文选楼,颇料理之。"后陈返金陵,王渔洋怀念不已,因写此诗,表达相思之意。诗以新柳借喻自己的一片深情,又以潇潇秋江暗喻两地之隔,感情跌宕波折,神韵袅袅,不绝于言外,是怀人诗中的佳作。

① 金陵:南京的旧称。

东风作意吹杨柳,　绿到芜城第几桥?
欲折一枝寄相忆,　隔江残笛雨潇潇。

翻译

东风着意吹动杨柳,
绿到了芜城的第几桥?
想折一枝以寄相思,
隔江飘来残笛春雨潇潇。

红桥绝句（选一）

红桥在扬州城西郊瘦西湖畔，是扬州的一处风景胜地。王渔洋在扬州期间，常与朋友聚会于此，诗酒流连，有《红桥倡和集》。王西樵追记当时情景说："贻上负夙慧，神姿清彻，如琼林玉树，朗然照人。为扬州法曹，日集诸名士于蜀冈、红桥间，击钵赋诗，香清茶热，绢素横飞。……至今过广陵者，道其遗意仿佛欧、苏，不徒忆樊川之梦也。"这首诗描写瘦西湖上的初秋景色。

水榭迎新秋，　　素舸自孤往。
漠漠柳绵飞，　　时时落波上。

翻译

水榭迎候新秋，
小舟独自前往。
柳絮漠漠飘扬，
时时坠落到水波上。

真州绝句(选一)①

这也是一首名作,将渔民的日常生活与长江边美丽的夕照景象融合在一起。生活本身被诗意化了。

① 真州:见《之真州道中偶作》注。

江干多是钓人居, 柳陌菱塘一带疏①。
好是日斜风定后, 半江红树卖鲈鱼②。

---

① 柳陌:栽有柳树的小路。 ② 鲈鱼:长江下游出产的名鱼,口大鳞细,味道鲜美。

翻译

江边多是渔人所居,
柳陌菱塘一带稀疏。
好是日斜风定之后,
半江红树之下在卖鲈鱼。

别公勇后却寄（选一）

刘体仁，字公勇，颍川（今属河南）人，是王渔洋在京师结识的诗友。王渔洋在扬州期间，刘体仁曾来江南与之相会，二人交情甚厚。此作写于刘告别北上之后，表达了对他的思念之情。

江天一夜雪，　不辨孤村路。
时闻断雁声，　遥向江南去。

翻译

江天一夜飞雪，
认不清孤村的去路。
时常听到断雁之声，
远远地向江南飞去。

冶春绝句(选五)[1]

  康熙三年(1664)春,王渔洋与诸名士修禊红桥,他们一面观赏湖光春色,一面饮酒赋诗,王渔洋当场作《冶春绝句》十二首,传诵开来,和者甚众。著名词人陈维崧称:"官舫银灯赋冶春,琅玡风调更谁伦?玉山筵上颓唐甚,意气公然笼罩人。"刘体仁说:"冶春诗独步一代,不必如铁崖遁作别调,乃见姿媚也。"宗元鼎描述当时盛传情景道:"休从白傅歌杨柳,莫遣刘郎唱竹枝。五日东风十日雨,江楼齐唱冶春词。"红桥修禊从此成为扬州的一桩佳话。至今仍有"红桥修禊""冶春"等景点保留。

[1] 冶春:游春的意思。

其一

今年东风太狡狯[1]，　　弄晴作雨遣春来。
江梅一夜落红雪，　　便有夭桃无数开。

[1] 狡狯:调皮的意思。

翻译

今年的东风太狡狯,

弄晴作雨叫春天到来。

江梅一夜间落成红雪,

便有夭桃无数盛开。

其二

红桥飞跨水当中, 一字栏干九曲红。
日午画船桥下过, 衣香人影太匆匆。

翻译

红桥飞跨在水当中,

一字的栏干九曲红。

日午有画船从桥下过,

衣香人影真太匆匆。

其三

当年铁炮压城开, 折戟沉沙长野苔。

梅花岭畔青青草①， 闲送游人骑马回。

---

① 梅花岭：在扬州广储门外，葬有史可法的衣冠冢，见《梅花岭怀古》。

翻译

当年铁炮压城把城门打开，
折戟沉沙已长了野苔，
梅花岭边青青的芳草，
闲送游人骑马归来。

其四

三月韶光画不成， 寻春步屟可怜生①。
青芜不见隋宫殿②， 一种垂杨万古情。

---

① 屟(xiè)：见《梅花岭怀古》注。可怜：可爱。　② 隋宫殿：传说隋炀帝曾在瘦西湖北蜀冈上建迷楼，今已废。

翻译

三月的韶光无法画成,

我怀着怜惜的心漫步寻春。

青芜之中不见隋朝的宫殿,

一种垂杨万古之情。

其五

东风花事到江城, 早有人家唤卖饧①。

他日相思忘不得, 平山堂下五清明②。

---

① 饧(xíng):麦芽糖,古时卖饧人吹箫唤卖。 ② 平山堂:在扬州城西北蜀冈上,宋欧阳修所建。

翻译

东风把花事吹送到江城,

早有人家在叫唤卖饧。

他日相思不能遗忘,

平山堂下的五度清明。

金陵道上

这首诗作于康熙三年(1664),描写江南一带梅雨季节的景色。

乍疏乍密秧针雨, 时去时来舶趠风①。
五月行人秣陵去②, 一江风雨昼濛濛。

① 舶趠风:苏轼《舶趠风》序云:"吴中梅雨既过,飒然清风弥旬,岁岁如此,湖人谓之舶趠风。是时海舶初回,云此风自海上与舶俱至云尔。" ② 秣陵:金陵(今南京)的别称。

翻译

乍疏乍密是秧针雨,

时去时来是舶趠风。

五月间行人向秣陵前去,

一江风雨使白昼也濛濛。

雨宿山家

  康熙三年(1664)五月,王渔洋从扬州赴江宁(南京),道中宿于句容。此诗描述夜居山店的情形。诗的前两句描写雨中深夜的驿店,萧瑟之中有不胜寂寞之感。后两句由雨声联想到要去的目的地南京,想象春水涨满青溪河畔的情景。两幅景色一虚一实,一暗一明,对比鲜明,相映成趣,给人以似曾相识的美的遐想。

郁冈山下雨潇潇①,　山店寒更断丽谯②。
遥忆青溪杨柳岸③,　一篙新绿涨江潮。

① 郁冈山:在江苏句容茅山小茅峰东北,因林木郁茂而得名。
② 丽谯:更鼓楼。　③ 青溪:水名,在南京城东北。

翻译

  郁冈山下夜雨潇潇,
  山店的寒更声断丽谯。
  遥忆青溪的杨柳河岸,
  一篙新绿上涨了江潮。

雨中度故关

康熙十一年(1672),王渔洋奉命典四川乡试,这首诗是出井陉关所作。井陉关又名故关,在河北西南的井陉山上。诗中先描写了井陉关险峻的形势,接着笔势一转,刻画关道上的初秋景色。末句化用唐诗人杨凝"秋雨槐花子午关"的诗句,化艰险为优美,给人遐想。

危栈飞流万仞山, 戍楼遥指暮云间。
西风忽送潇潇雨, 满路槐花出故关。

翻译

危栈飞泉出没于万仞高山。
戍楼遥指在暮云之间。
秋风忽然送来潇潇细雨,
满路的槐花陪我出了故关。

雨后至天宁寺①

这首诗是王渔洋在京师时作,描写雨后晨光中的寺院。那满院的风铃声写出了寺中的空寂和清闲,给人一种宁静、超然的感受。

① 天宁寺:在京师(今北京)城西。

凌晨出西郭, 招提过新雨①。
日出不逢人, 满院风铃语。

---

① 招提:寺院的别称。北魏太武帝造寺宇,首创招提之名。

翻译

凌晨步出城西,
寺院刚飘过新雨。
太阳升起时还不见游人,
满院风铃丁咚自语。

蠑矶灵泽夫人祠①

康熙二十四年(1685),王渔洋奉使广东,祭告南海。返回途中,经芜湖,见到长江岸边的昭烈孙夫人祠,写了此诗。

① 蠑(xiāo)矶:在安徽芜湖江岸,高不寻丈,上有昭烈孙夫人祠。孙夫人,蜀汉刘备之后,东吴孙权之妹。灵泽夫人:即孙夫人,后人建庙,称灵泽夫人。

霸气江东久寂寥, 永安宫殿莽萧萧①。
都将家国无穷恨, 分付浔阳上下潮。

① 永安宫:蜀汉行宫,在重庆奉节白帝城中,刘备即死于此。

翻译

东吴的霸气久已寂寥,
永安的汉宫也荒草萧萧。
都将家国无穷的苦恨,
交付与浔阳上下的江潮。

石帆亭见落叶

此诗为王渔洋晚年所作。石帆亭是王渔洋在家乡新城的别墅。这首诗追忆与朋友们共游小园的往事,流露出摇落之感。作者在《池北偶谈·序》中说:"予所居先人之敝庐,西为小园,有池焉。老屋数椽在其北。予宦游三十余年,无长物,唯书数千卷废置其中,辄取乐天池北书库之名名之。池上有亭,形类画舫曰石帆者,予暇日与客坐其中,竹树飒然,池水清澈,可见毛发,游倏浮沉,往来于寒鉴之中。"这石帆亭就是此诗所咏的石帆亭。

忆昨登临共落晖, 小山薜荔乱红围。
园林三日无行迹, 萧瑟满亭风叶飞。

翻译

记得往昔登临同沐落晖,
小山上薜荔蔓生乱红成围。
园林三天没有行迹,
一片萧瑟满亭落叶乱飞。

新月

此诗作于王渔洋晚年家居之时,诗中描写家乡初秋的月景。诗人摄取新月初生之时富有季节特征的景物,将它们编织在柔和冰莹的月光之中。

红藕初香枕簟秋, 飞来萤火破深幽。
半规月上虾须卷①, 满地金波如水流。

---

① 虾须:帘子的别称。

翻译

红藕初香枕席上已生秋,
萤火飞来点破深幽。
半圆的新月照上虾须帘卷,
满地的金波宛如水流。

忆彭羡门少宰①

  这首诗是作者逝世前两年追忆友人之作。十二年前即康熙三十六年(1697)王渔洋的好友彭孙遹辞去吏部侍郎兼翰林院学士职务,返回浙江海盐老家,作者曾在京师为他送行。三年后彭去世。此诗追忆往事,表达了对朋友的怀念之意。

① 彭羡门:彭孙遹,字骏孙,号羡门,王渔洋在京师时的朋友。少宰:明清时俗称吏部侍郎为少宰,彭曾任吏部侍郎。

登山临水送将归, 十二年来怅有违。
梦里不忘分手地, 碧云红树雁南飞。

翻译

登山临水送你南归,
十二年来惆怅相违。
梦里忘不了分手之地,
当时碧云红树北雁南飞。

中华文史名著精选精译精注（全民阅读版）
已出书目

书　名	导读人	审阅人
贾谊集	徐超、王洲明	安平秋
司马相如集	费振刚、仇仲谦	安平秋
张衡集	张在义、张玉春、韩格平	刘仁清
三曹集	殷义祥	刘仁清
诸葛亮集	袁钟仁	董治安
阮籍集	倪其心	刘仁清
嵇康集	武秀成	倪其心
陶渊明集	谢先俊、王勋敏	平慧善
谢灵运鲍照集	刘心明	周勋初
庾信集	许逸民	安平秋
陈子昂集	王岚	周勋初、倪其心
孟浩然集	邓安生、孙佩君	马樟根
王维集	邓安生等	倪其心
高适岑参集	谢楚发	黄永年
李白集	詹锳等	章培恒
杜甫集	倪其心、吴鸥	黄永年
元稹白居易集	吴大逵、马秀娟	宗福邦
刘禹锡集	梁守中	倪其心
韩愈集	黄永年	李国祥
柳宗元集	王松龄、杨立扬	周勋初
李贺集	冯浩菲、徐传武	刘仁清
杜牧集	吴鸥	黄永年

续表

书　　名	导读人	审阅人
李商隐集	陈永正	倪其心
欧阳修集	林冠群、周济夫	曾枣庄
曾巩集	祝尚书	曾枣庄
王安石集	马秀娟	刘烈茂、宗福邦
二程集	郭齐	曾枣庄
苏轼集	曾枣庄、曾弢	章培恒
黄庭坚集	朱安群等	倪其心
李清照集	平慧善	马樟根
陆游集	张永鑫、刘桂秋	黄葵
范成大杨万里集	朱德才、杨燕	董治安
朱熹集	黄珅	曾枣庄
辛弃疾集	杨忠	刘烈茂
文天祥集	邓碧清	曾枣庄
元好问集	郑力民	宗福邦
关汉卿集	黄仕忠	刘烈茂
萨都剌集	龙德寿	曾枣庄
王阳明集	吴格	章培恒
徐渭集	傅杰	许嘉璐、刘仁清
李贽集	陈蔚松、顾志华	李国祥、曾枣庄
公安三袁集	任巧珍	董治安
吴伟业集	黄永年、马雪芹	安平秋
黄宗羲集	平慧善、卢敦基	马樟根
顾炎武集	李永祜、郭成韬	刘烈茂
王士禛集	王小舒、陈广澧	黄永年
方苞姚鼐集	杨荣祥	安平秋
袁枚集	李灵年、李泽平	倪其心
龚自珍集	朱邦蔚、关道雄	周勋初